制作只属于你的童话书

冰雪女王

（丹）汉斯·克里斯汀·安徒生 著
（韩）李秀熙 绘
程蓉蓉 译

化学工业出版社
·北京·

아름다운 고전 컬러링북2 - 눈의 여왕 컬러링북

Copyright © 2015 by Lee Su Hee

All rights reserved.

Simplified Chinese copyright © 2022 by Beijing ERC Media,Inc.

This Simplified Chinese edition was published by arrangement with Booklogcompany Through Agency Liang.

本书中文简体字版由Booklogcompany授权化学工业出版社独家出版发行。

本版仅在中国内地（大陆）销售，不得销往其他国家或地区。未经许可，不得以任何方式复制或抄袭本书的任何部分，违者必究。

北京市版权局著作权合同登记号：01-2019-5001

图书在版编目（CIP）数据

制作只属于你的童话书. 冰雪女王/（丹）汉斯·克里斯汀·安徒生著；（韩）李秀熙绘；程蓉蓉译. —北京：化学工业出版社，2022.2
ISBN 978-7-122-34926-2

Ⅰ.①制… Ⅱ.①汉… ②李… ③程… Ⅲ.①童话-世界-现代 Ⅳ.①I18

中国版本图书馆CIP数据核字（2019）第201821号

责任编辑：罗　琨　　　　　　　　装帧设计：尹琳琳
责任校对：李　爽

出版发行：化学工业出版社（北京市东城区青年湖南街13号　邮政编码100011）
印　　装：凯德印刷 (天津) 有限公司
710mm×1000mm　1/16　印张 5¾　字数100千字　2022年9月北京第1版第1次印刷

购书咨询：010-64518888　　　　　　售后服务：010-64518899
网　　址：http://www.cip.com.cn
凡购买本书，如有缺损质量问题，本社销售中心负责调换。

定　价：42.00元　　　　　　　　　　　　　　版权所有　违者必究

填色童话书,再现经典

有些故事,人们对它的喜爱跨越了时代的阻碍,我们称之为经典。它们美妙、深奥,刺激我们的想象力,令我们每次阅读都会有新的收获。

《制作只属于你的童话书》正是挑选了这些广受大众喜爱的经典作品,并配以新颖而富有趣味性的插图,使读者们可以亲手为童话世界上色。

准备好彩色铅笔、蜡笔或彩色水笔,尽情发挥你的想象力和创造力,为插画填色吧!

这将会是一本由你亲手完成的、世上独一无二的经典童话书!

目录

第一个故事
魔镜与其碎片 1

第二个故事
少年与少女 7

第三个故事
巫婆的花田 22

第四个故事
王子与公主 39

第五个故事
强盗的女儿 54

第六个故事
拉普兰德老妇人与挪威芬马克女人 67

第七个故事
在冰雪女王城堡的经历以及那之后的故事 75

第一个故事

魔镜与其碎片

嗨,请注意这里,我们要开始讲故事了,这个故事不仅精彩有趣,还能教会我们一些道理。

故事发生在很久很久以前,有一个恶魔,它生性恶劣,在恶魔当中被称为"最坏的一个"。

某一天,这个恶魔做出了一面罕见的镜子。这面镜子可以遮盖所有善良与美好的事物,只让人看到世间的丑恶与阴暗。在这面镜子前,不论多美的风景都像是烫过的菠菜,失去了原本的美丽;不管多么善良的人,都会显得阴险狡诈或畸形怪异。它会使人的脸变得异常丑陋,甚至无法辨认。如果你的脸上有一个小雀斑,不用怀疑,镜子可以让它盖满你的脸。

"真是有意思啊!"

但对善良又虔诚的人也是如此吗?

遗憾的是，善良且虔诚的人无一幸免：镜中的他们看起来嘴角挂着冷笑，表情阴沉。而恶魔看着自己的"杰作"，放声大笑了起来。之后，恶魔在自己开设的恶魔学校里大肆宣扬，说"有奇迹发生了——世间诞生了一面可以揭露真实的镜子，人类到了直面自己的时候了。"于是，他们开始带着这面镜子四处炫耀，可想而知，没有一个人、一个国家能在这面镜子里显得善良、美好。

慢慢地，恶魔学校里的学生甚至想要飞上天空，去戏弄上帝和天使一番。可他们升得越高，手中的镜子就晃动得越厉害，这让学生们根本无法紧紧抓住它。就在他们飞得很高，极为接近上帝、天使的那一瞬间，镜子的晃动突然加剧，猛地从学生手中滑了出去，摔在了地上，碎成了千百万……不，是数也数不清的碎片。

镜子的支离破碎带来的是更大的不幸，因为那些比沙粒还要小的碎片飞向了世界各地，它们带着丑化一切的魔力，飞进了人的眼睛里，扎进了人们心里。在这些碎片中，大的成为商场里的橱窗，小的成为眼镜上的镜框。

人们抱着"能将美好的事物看得更清楚"的想法戴上了眼镜，却没想到这反而让他们看到了一个丑恶、扭曲的世界。

恶魔看着自己闯下的这一件件祸事，笑得几乎喘不过气来。而在这个世界上，仍有无数的魔镜碎片在飞来飞去。现在让我们一起来看一看其中一个由魔镜碎片引发的故事吧。

第二个故事

少年与少女

大都市里人多、拥挤，房屋错落紧凑，想拥有一个属于自己的小庭院是非常奢侈的，多数人只能通过在花盆里养养花来满足一下自己。在这样的大都市里，有这样两个孩子，他们家境贫穷，但却拥有一个比花盆略大些的小庭院。两人虽然不是亲兄妹，但关系却胜似兄妹。两家人住在相邻的阁楼里，各有一扇小窗户，房顶几乎快要碰到了一起。在两家屋檐的交接处下方，有一个接雨水的雨水斗。只要跨过这个雨水斗，就可以从一边的窗户爬进另一边的窗户。

两家都在窗户下放了个大木箱，并在里面种上做饭要用的蔬菜和一株小小的玫瑰，那玫瑰长得好看极了。某一天，两家的大人把木箱子放在雨水斗上，将两扇窗户连在了一起。木箱里的豌豆藤蔓和玫瑰藤蔓便顺着两家的窗户，不断地向上伸展。慢慢地，藤蔓缠绕到了一起，从远处看就像是一道由鲜花与绿叶装饰而成的凯旋门。

木箱子被放在很高的地方，没有父母的允许，两个孩子是不能爬上去的。于是，他们在玫瑰藤蔓下放了把没有椅背的小椅子，有空时，他们就会坐在椅子上玩耍，十分开心。

但到了冬天，孩子们就不能这么玩了，因为霜把窗户给冻住了。每当窗户被冻住打不开时，孩子们就会把铜板放在暖炉上加热，然后将铜板按在窗户上，这样窗户上就会出现一个可以往外看的小孔，男孩和女孩便透过这个有意思的小圆孔望向对方。他们的双眼是那么明亮动人。两个孩子中，男孩叫加伊，女孩叫格尔达。夏天，两个孩子只要踏出窗外一步，就能看得到对方，可到了冬天，他们得先走下自家的台阶，再迎着漫天风雪走上另一段台阶才能见面。

冬季里的某一天，外面雪花漫天，奶奶对孩子们说：

"看，白色的'蜜蜂'正成群结队，嗡嗡地叫着呢。"

"白色'蜂群'中也有'蜂后'吗？"加伊问。因为他知道在真正的蜜蜂世界里会有蜂后。

"当然有了！"奶奶回答加伊后说道，"冰雪女王就在这些白色'蜜蜂'中呢。她比所有的雪花都要大，不过与其他雪花不同的是，她不仅绝对不会落地，还会朝着乌云飞去。她常常会在冬夜飞过城市的街道，悄悄透过各家的窗户窥视里面的情形。被她看过的玻璃窗都会被冻住，

看上去像花儿一样，非常神奇。"

"啊，我见到过！"两个孩子同时叫道，他们对奶奶的话深信不疑。

"冰雪女王能进到家里吗？"女孩疑惑地问。

男孩抢先回答道："她要进的话就让她进。只要把她推进温暖的暖炉里，她就会融化的。"

奶奶摸摸男孩的头，接着讲起了其他的故事。

晚上，加伊正在家里脱衣服，还没脱完他就跑到窗边，爬上放在窗边的椅子，透过窗上的小孔往外看。外面下着漫天大雪，最大的一片雪花正缓缓地落在花盆的边沿上。

那片雪花慢慢变大，最后居然变成了一个女人。那个女人身穿做工精细、薄如蝉翼的雪白衣裳。那衣服十分耀眼，就像是由数百万个星星模样的雪花编织出来的一样。她美丽优雅，充满生命力，即使她的身体都是由冰块组成的。她的双眼更是像星星一样闪烁着光芒，可是加伊从中却感受不到一丝舒适平和。女人冲窗户边点头边比画了下，过于惊讶的加伊一下子从椅子上跳了下来。就在那一瞬间，加伊似乎看到一只巨大的鸟从窗边飞过。

不久，温暖的春天便来到了这座城市。阳光普照大地，新芽破土而出，燕子们纷纷搭好自己的小窝。城市里的人们则通通打开窗户，让温暖的春风吹进家里。两个孩子再次聚在屋顶下的小庭院里，开心

地玩了起来。

　　那年夏天，玫瑰开得尤其美。女孩将歌词里带有玫瑰的圣歌背了下来，每当唱起那首歌，女孩都会想起自己的玫瑰花。女孩将这首歌唱给了男孩听，男孩也跟着唱了起来：

　　"山谷里的玫瑰花开得丰茂，在那儿我们遇见了圣婴耶稣！"孩子们手牵着手亲吻了玫瑰花。他们仰望着透明的阳光，宛如圣婴耶稣就在那儿似的，对着那儿说起了话。这年的夏天美好至极，玫瑰似乎永远不会凋谢，散发出阵阵浓郁的香气。在这样的季节坐在玫瑰藤蔓下，对两个孩子来说，是一件很快乐的事。

　　但有一天，加伊和格尔达正凑在一起看画有鸟儿和动物的画册。教会的钟塔敲响了五点的钟声，加伊突然发出一声悲鸣：

　　"啊！有什么刺中了我的心脏！眼睛里好像也有什么进去了！"

　　格尔达拉过加伊的脖子，仔细查看他的眼睛，可是却一无所获。

　　"好像没事了。"加伊说。但事实并非如此。进入加伊的心脏和眼睛的正是恶魔的镜子碎片。它能让所有美好的事物显得庸俗阴险；让邪恶丑陋的东西更加突出明显；不论是多么小的缺点都会被无限放大。这就是那可怕的镜子的一部分，你还记得吗？可怜的男孩加伊！不仅有一片碎片进入了他的眼睛，还有一片插进了他的心脏。碎片插进心脏的瞬间，加伊的心一下子变成了冰块。虽然他不再觉得疼痛，可是碎片却早已和他融为一体。

"你为什么在哭？"加伊问格尔达。

"你哭起来难看死了！我现在不是没事了？" 加伊说着说着，居然扯着嗓子喊了起来。

"嗬！看那朵玫瑰，被虫子给吃了！还有你看看，这玫瑰的枝条有多弯曲。这里的花全部都丑死了！这个花盆也是，一样那么难看！"说着话的同时，加伊还用脚踢了下花盆，揪下了两朵玫瑰花。

"加伊，你在做什么！"格尔达叫了出来。加伊用可怕的眼神盯着害怕的格尔达，又揪下了一朵玫瑰花后，就将善良的格尔达留在原地，独自一人从窗户那儿回家了。

自那之后，只要格尔达拿出画册，加伊便嘲笑说："这样的书是给小孩子看的。"奶奶若是说起以前的事，加伊就会插进一个"但是……"。一有时间，加伊就将眼镜放在鼻子上，跟在奶奶身后模仿她的样子。加伊模仿奶奶模仿得很像，逗得周围的人捧腹大笑。没过多久，加伊便能将所有邻居走路的姿势，甚至说话的语气模仿得淋漓尽致了。尤其是那些不好的、让人不快的习惯，他更是模仿得十分到位。人们常常这样说加伊："这孩子脑袋瓜子太好使了！"但这都是魔镜碎片扎进了加伊的眼睛和心脏所引起的，经常戏弄真心爱着自己的格尔达也是因为这些碎片。

加伊玩的游戏也与之前大不相同，是些非常"大人化"的游戏。在一个雪花漫天飞舞的冬日，加伊拿着大大的放大镜走出家门，用蓝色大衣的下摆接住了雪花。

"看看这放大镜，格尔达！"加伊喊了起来。放大镜下的雪花看起来大了一圈，既像是美丽的花朵，又像是闪亮的星星，好看极了。

"你知道这雪花有多妙不可言吗？"加伊问格尔达，"不仅比花有趣，而且没有一点瑕疵。如果不会融化，那真是完美极了。"

过了一会儿，加伊背着雪橇，双手戴着厚厚的手套出了家门。他对着格尔达的耳边喊道：

"我要去和其他男孩子一起玩的大广场玩雪橇了！"

说完加伊就头也不回地走了。

大广场上，勇敢的男孩子们将雪橇绑在农夫的牛车上打着滑玩儿。这是个很有意思的游戏。正玩得兴起时，突然在他们眼前出现了一个巨大的雪橇。那雪橇全身雪白，雪橇上还坐着一个身着白色裘皮、头戴白帽子的人。趁那大雪橇围着广场绕圈的时候，加伊迅速地将自己的雪橇系在了它的后面。

雪橇的速度渐渐加快，开始朝广场旁的街道驶去。白色雪橇的主人望望身后，就好像和加伊互相认识一样，朝他友好地点了点头。

每当加伊想将系在巨大雪橇后的绳子解开时，雪橇的主人就向他

点头，这让加伊不好再有动作，只得安静地坐回原处。最后，加伊跟着巨大雪橇离开了这座城市。

漫天飞雪，雪橇在不停地滑行，加伊连近在眼前的双手都看不清。他想要解开系在巨大雪橇后的绳子，但不管加伊怎么试，绳子就是解不开。加伊乘的小雪橇与大雪橇之间的绳子系得实在太紧，而且大雪橇滑行的速度比风还要快，这让加伊无法顺利地解开绳子。眼见解开绳子无望，加伊便使尽全力大叫了起来，可是没有一个人听得到他的声音。风雪交加下，雪橇如同飞起来似的，时不时地还蹦得老高，像是在越过水沟或栅栏。加伊害怕得放声大叫，他想要祈祷，可是想起来的却只有九九乘法表。

雪花越变越大，看起来就像一只只巨大的白鸡。突然，这些白鸡蹿得很高，大雪橇随之停下。驾雪橇的人站了起来，那是个穿着雪白外套、戴着帽子的女人。她身姿修长，浑身闪闪发光。定睛一看，她正是冰雪女王。

冰雪女王开口道：

"安全抵达了！不过你有可能会被冻死，快来我的大衣里。"

冰雪女王让加伊坐到了自己旁边，用毛皮大衣搂住了他。加伊瞬间觉得自己好像被埋在了大雪之中。

"还冷吗？"

女王这样问道,并吻了吻加伊的额头。啊啊!比冰块更冷的亲吻传到了加伊心里,传到了他那已经有一半变成冰块的心里。加伊觉得自己正在死去。但是这样的感觉也只是暂时的。很快,加伊就感觉自己的心变得舒坦起来,身体也不觉得冷了。

"我的雪橇!不可以丢下我的雪橇!"

恢复温暖后,加伊最先想到的便是雪橇。环视一下后,加伊发现雪橇正跟在他们身后,原来它被系在了一只白鸡上。冰雪女王再次亲吻了加伊,这一吻让加伊忘记了格尔达,忘记了奶奶,忘记了家里人,忘记了一切。

"这是最后的亲吻,"女王说,"再吻一次你可能会死。"

加伊望向女王。冰雪女王真的很美,加伊想象不出还有谁能比女王更美,比她更加聪慧。与第一次在窗边见面时挥手的模样相比,现在的女王一点也不像是由冰块做成的。在加伊的眼中,女王完美得无可挑剔,也不再让他恐惧。加伊自豪地对女王说自己能心算除法,还知道所有国家的面积和人口数是多少。但冰雪女王从头到尾就只是微笑面对,未言一语。

加伊开始担心是不是自己知道的还不够多。他抬头望望广阔的天空,女王正带着他飞到高高的黑云之上。周围风暴猛烈,那些狂风仿佛在唱着一首古老的歌曲,又像是在发出嗡嗡的悲泣声。他们穿过树林与湖水，飞过海面与大地。在他们的雪橇之下是刺骨的寒风、嘶吼的狼群，以及覆盖万物的白雪。而在他们头顶上的是一群飞来飞去、不停地叫着的黑色乌鸦，再高一些的便是清冷的月。

在漫长的冬夜里，加伊一直望着月亮，无法移开视线。到了白天，他应该会在冰雪女王的脚边熟睡吧……

第三个故事

巫婆的花田

加伊离开后,格尔达又过得如何呢?加伊究竟去了哪里呢?没有人知道,也没有人能回答格尔达。那些男孩子们只知道加伊把自己的雪橇系在了一个大雪橇上,然后像箭一样咻地离开了这座城市。人们为加伊担心落泪,格尔达更是难过了很久。慢慢地,人们开始认为加伊已经死了,淹死在了离城市不远的江里。这个冬季也随之变得漫长而又悲伤。

漫长的冬季过去,春天到来,温暖的阳光洒遍大地。

格尔达对着阳光说道:

"加伊肯定死了!"

"我可不这么认为!"阳光否定了格尔达的想法。

格尔达再对着燕子们说:

"都说了加伊肯定死了！"

"我们不这么认为！"燕子们也给出了否定的回答。

久而久之，格尔达开始相信加伊并没有死。

一天早上，格尔达终于下定了决心：

"我要穿上新买的红色皮鞋给加伊看，加伊都没看过我穿这双鞋子。鞋穿好后，我要再去江边问问有没有人看到加伊！"

第二天一大清早，格尔达在亲吻了熟睡中的奶奶后，便穿上红色的皮鞋，独自一人离开了城市，往江边走去。

"是你带走了我的小伙伴吗？如果你能把他还给我，我就把我的红色皮鞋送给你。"

格尔达有种很奇怪的感觉，她觉得水波似乎点了下头。于是，格尔达脱下自己心爱的红皮鞋，将它扔到了江里。可是格尔达没能扔得很远，红皮鞋掉在了江边，一圈圈的涟漪将红皮鞋又推回到了格尔达身边。其实这是江水在告诉格尔达，它没有带走加伊，所以它不能收格尔达的东西。

但格尔达并不知道，她以为是自己没有扔远，于是她踏上了芦苇丛中的小船，站在船尾奋力地将红皮鞋扔入江水。就在此时，绑得不够紧的小船因为格尔达的动作而滑向江中。

格尔达很快就意识到小船正在动。她想回到岸边，可是当她跑到船的另一边时，船已经驶离了岸，且还在以越来越快的速度驶远。

格尔达害怕得大哭了起来，但周遭除了麻雀，没有谁能听得到她的哭声。可听到哭声的麻雀们也无计可施，它们无法将格尔达带回陆地，所以只能顺着江堤飞，用歌声来安慰她。

"我们在这里！我们在这里！"

小船顺流而下，一直被冲向了下游。船上，格尔达一动不动地坐着，脚上只穿着袜子。她的红皮鞋也跟在小船后，但因为船的速度不断加快，红皮鞋渐渐被丢下了。

格尔达望向江岸，岸上满是好看的鲜花和茂盛的树木，斜坡上还有一群正在悠闲吃草的牛羊，画面和谐而又美好。可是格尔达却见不到一个人。

"也许是江水想带我去找加伊。"

想到这儿，格尔达马上就找回了力气。她站了起来，久久地凝望着眼前草茵茵的江堤。

没过多久，小船竟驶入了一个很大的樱花树庭院。庭院中有一个小小的房子，房子上的窗户红蓝相间，形状很是奇妙。在房子外是两个用木头做成的士兵，他们看起来像是在放哨，冲着乘船而过的所有人举起手中的枪。

在格尔达看来，那两个士兵是有生命的，于是她冲着它们大声求救。

可想而知，士兵们并没有回答她。

没过多久，小船顺着水势，被推向了岸边，格尔达离士兵们更近一步了，于是格尔达叫得更加大声。就在这时，从房子里走出了一位上了年纪的老奶奶。她拄着一根弯弯的拐杖，头上戴着个宽帽檐的帽子，帽子上画着美丽的花儿。

"可怜的小家伙！"老奶奶叫道，"你是怎么被汹涌的江水卷到这里的？"

老奶奶说完便朝着小船走来，她用弯拐杖勾住小船，将小船拉到江边，再把格尔达从船上抱了下来。

终于回到陆地上的格尔达十分高兴，可是看看眼前陌生的老奶奶，她又感到了一丝恐惧。

"来，告诉我你是谁，你是怎么来到这里的。"老奶奶说道。

格尔达将之前发生的一切都告诉了老奶奶。老奶奶边听边时不时地点点头，发出"嗯！嗯！"的声音。说完之后，格尔达问老奶奶有没有看到过加伊。

老奶奶告诉格尔达，她没有见过加伊，但说不定之后会见到。她让格尔达振作起来，进自己家里吃点儿樱桃，顺便看看花儿。那些花儿比画册里画的还要好看，不仅如此，每朵花还有着自己的故事。老奶奶牵着格尔达的手进了家里，然后锁好了门。

窗户开得高高的，璀璨的光线透过红、黄、蓝相间的窗户，在房间里混合成了一种奇妙的颜色。格尔达发现在桌子上有一堆樱桃，饥肠辘辘的她赶紧吃了起来，吃到肚皮都要撑破了。在格尔达闷头大吃的时候，老奶奶一直用金梳子梳着她的头发，耀眼的金色卷发从格尔达的脸庞滑落，看上去就像暖阳下的瀑布。

"我之前就想过，如果有像你一样漂亮的女孩子在就好了。"老奶奶边梳着头发边说，"等着看吧，我们在一起会生活得很好的！"

老奶奶不停地梳着格尔达的头发，她每梳一下，格尔达就忘记一些关于加伊的记忆。

事实上，老奶奶是一个巫婆，但不是邪恶的巫婆，她只是偶尔会为了让自己开心而使用些魔法。现在，老奶奶想要将格尔达留在身边，让她一直陪着自己。于是她来到庭院，举起拐杖指向那片玫瑰藤蔓，一瞬间，盛开着的美丽玫瑰全都消失在了地底。之所以这么做，是因为老奶奶担心格尔达看到这些玫瑰会想起她家里的玫瑰花，从而记起加伊，然后离开这个地方。

老奶奶带着格尔达去看了她的花田。花田美丽极了，一年四季有各种各样的花儿在这里尽情绽放，浓郁的香气弥漫在整个花田。没有哪本画册里的花能比这里还要美，还要艳丽。望着眼前的美景，格尔达开心极了，她在花田里自由地奔跑，一直玩到太阳落山。到了晚上，老奶奶便让格尔达早早地上床休息。那张床十分精致好看，上面铺着一床红色的被子，被芯是娇美的紫罗兰。躺在床上的格尔达做了一夜美梦，她甚至梦到了一场女王的婚礼。

接下来的许多天，格尔达都在庭院里与花儿们一起玩。随着时间的流逝，格尔达认识了庭院里所有的花，但她总觉得少了一种花，可是怎么想也想不起来是什么花。之后的某一天，格尔达无意间看到了老奶奶的宽帽檐上画着的花儿，那正是——玫瑰。原来，老奶奶虽然让真正的玫瑰都消失在了地底，却忘记了自己帽子上的玫瑰。

"天啊！"格尔达惊呼，"这里为什么连一朵玫瑰花都没有？"

格尔达跑向花田，翻翻这里，找找那里，可连一朵玫瑰花都找不到。她跌坐到地上，放声哭了起来，滚烫的泪水从脸庞滑落，恰好落在了埋有玫瑰藤蔓的那块地方。泪水刚滴到地面，被埋的玫瑰藤蔓就一下子破土而出，那些玫瑰花还像消失前一样盛开着。格尔达亲了亲盛开的玫瑰花，那一刻她想起了家中美丽的玫瑰，也记起了加伊。

"天啊，我在这里待得太久了！"格尔达喊道。

"我必须要去找加伊了。你知道加伊在哪里吗？"格尔达问玫瑰，"加伊真的死了吗？"

"不，加伊没有死。之前我们一直与死去的人在地底，但是没有

看到过加伊。"玫瑰们回答道。

"真的谢谢你们!"格尔达向玫瑰们表示了感谢。接着她又去问了其他花儿:

"你们知道加伊在哪里吗?"

然而,那些在阳光下盛开的花儿都只是自顾自地说着自己的童话故事。

格尔达听完了所有花儿的故事,可没有一个故事是关于加伊的。

现在,让我们一起来听听卷丹花说了些什么吧!

"听到鼓声了吗?咚!咚!每次都是这样敲两次。咚!咚!听,女人们那悲伤的歌声!听,司祭们的号叫声!一个印度女教徒正身着火红的礼服,站在木柴垛上。火焰包围了她和她丈夫的尸体,周围的人则站成一圈。然而女人的眼中却只有那个男人,那个藏身于人群,却凝视着她的男人。他的视线比火花还要炙热,眼神强烈到要将她融化。她心中的火焰会消失在木柴垛的熊熊烈火中吗?"

"我完全不知道你在说什么!"格尔达不解道。

"这就是我的故事呀。"卷丹花回答道。

"牵牛花,那你又有什么样的故事要告诉我呢?"格尔达又问牵牛花。

"在狭窄的山路上,屹立着一座高高的古堡。红色的墙壁上是密

密麻麻的爬山虎，叶子重重叠叠，一直延伸到了楼台处。在那里站着一位美丽的姑娘，她正倚靠着栏杆，凝望山路的方向。她的清香连玫瑰的芬芳都比不上；她的轻盈更是让随风摆动的苹果花都稍显逊色。

"她身上那精致的丝绸连衣裙沙沙作响，她倚靠着栏杆自言自语道：'他到现在都还不来吗？'"

"她说的是加伊吗？"格尔达赶紧问牵牛花。

"我只是在说我梦中的故事。"牵牛花回答道。

雪花莲又说了怎样的故事呢？

"在两棵树之间有一个用麻绳拴着木板制成的秋千。秋千上坐着两个可爱的小女孩，她们穿着雪白的衣服，帽子上的绿色长丝带随风轻轻摆动。两个女孩的哥哥站在秋千后，让胳膊绕过绳子，小心地掌握着秋千的平衡。同时，他一手拿着小杯子，一手拿着吸管，在姐妹们的头上一下一下地吹着肥皂泡。每当秋千晃动，阳光下五光十色的肥皂泡就慢慢飘向远方。当剩下的一点泡泡还挂在吸管上时，秋千开始晃来晃去。一只像肥皂泡一样轻巧，用后腿站着的黑狗刚想要上秋千，秋千就晃走了。它不慎滑倒在地，然后汪汪地叫着，好像生气了一般。看到这一幕，孩子们都笑了。就在此时肥皂泡却破掉了！一个有关秋千与肥皂泡的故事……这就是我的故事。"

"你的故事美是美，可是太悲伤了。还有，你一点儿也没有提到

加伊。"

风信子的故事又是怎样的呢？

"从前有三个姐妹，她们身体娇弱，皮肤细嫩白皙。三姐妹分别穿着红裙、蓝裙和白裙。一天晚上，皓月当空，姐妹三个手牵着手在湖边跳起了舞。她们并不是妖精，而是总有一天会死去的人类。这时不知从哪儿传来了一股扑鼻的香气。三姐妹被香气吸引着朝前走去，最后消失在了湖水对岸的森林里，而那里的香气越发浓郁。之后，树林里出现了三副棺材，棺材慢慢滑向湖中。而躺在棺材里的正是那姐妹三个。萤火虫在她们周围飞来飞去，发出一闪一闪的亮光。曾尽情舞蹈的少女们是陷入沉睡了吗？还是死去了？花香让我们知道，她们已然死去。此时，为死者而敲的晚钟响了。"

"故事好悲伤。"格尔达说道。

"你的香气太浓，让人不自觉地想起死去的少女们。啊！加伊真的死了吗？可曾被埋在地底的玫瑰们说加伊没有死！"

"叮咚！"

风信子的铃响了起来。

"这不是为加伊敲的。我不认识他。我们只是在唱我们的歌。这就是我们知道的全部。"风信子向格尔达解释道。

接着，格尔达走向在深绿色叶子间闪耀的毛茛。

"你们就像是耀眼的小太阳!"格尔达称赞道。

"你能告诉我,我去哪里才能找到我的朋友吗?"

毛茛摇曳着枝条,它抬头仰望着格尔达。听,毛茛在唱什么?令人失望的是,那仍然不是关于加伊的:

"春天来临的那天,阳光洒遍小小的庭院。在邻居家的白色墙面旁,生长着一朵朵预示春天来临的黄色小花,它们沐浴在温暖的阳光中,如金子般闪闪发亮。一位老奶奶坐在家门外的椅子上,这时她那给别人家做帮佣的孙女刚好回了家,她是位虽然贫穷但十分美丽的姑娘。孙女亲吻奶奶,她的吻和心灵都如澄澈的溪流般纯净而真诚。这就是我的故事。"毛茛说道。

"啊,可怜的奶奶!"格尔达深深叹了一口气。

"奶奶肯定想我了。她本就因加伊的事难过,现在还要担心我。可是,我必须要找到加伊,和他一起回家。就算我向花儿们请求帮助,也一点儿用没有。大家都自顾自地说自己的故事,谁也不能给我想要的答案。"

格尔达为了跑得更快,拢起了自己的裙摆,跳过了水仙花。就在她跳起的那一瞬间,水仙花轻轻打了一下她的腿。格尔达停住了,望着那朵花儿问道:

"你知道些什么吗?"为了听到水仙花的话,格尔达弯下了腰。

水仙花讲了什么故事呢？

　　"我能看到我的样子！我能看到我是什么样子！"水仙花激动地说。

　　"啊，多么好闻的香气啊！在狭窄的阁楼里，一位半裸着的少女正在跳舞。她先是用单脚站了一会儿，过一会儿又换了另一条腿站，最后她尽情舞动了起来，就像全世界都在她脚下一般。可这些不过是少女的幻想而已。回归现实的她拿起茶壶，将茶壶中的水倒在自己的紧身上衣上。'干净些才好！'少女自言自语道。旁边的钉子上挂着一条白色的裙子，少女取下白裙，用茶壶里的水洗净，把它放在屋顶晾晒。不久少女穿上那条裙子，又在脖子上围了一条金黄的丝巾。这样的装饰将少女的裙子衬得更加耀眼、雪白。你看看她头仰得有多高！我能看到我的样子！我能看到我是什么样子！"

　　"如果是这样的故事那就算了！"格尔达对水仙花喊道，"这对我一点用都没有！"

　　格尔达迅速跑向庭院的尽头，但那里的大门紧闭。格尔达用尽全力去推大门，终于，生锈的门闩松动了。她连忙冲出大门，光着脚跑向那广阔的世界，格尔达回头望了三次，谁也没跟上来。于是她就这么一直跑着，直到累得再也跑不动了，她才停下脚步，坐在一块大石头上喘气。格尔达环顾四周，才发现原来夏天已经过去，现在是深秋了。由于自己之前一直住在阳光普照，一年四季都有花儿盛开的美丽花田

里,所以她才不知道时间已经过去了这么久。

"天啊!我这是浪费了多少时间!"格尔达喊道。

"都秋天了。我不能再继续休息了!"

说完格尔达就站了起来,再次踏上寻找加伊的旅途。

啊,格尔达的双脚因为走了太久而又累又痛。周围的一切是那样荒凉而冷漠。柳树细长的枝叶已经变黄,潮湿的雾气如同一张冰冷的网,所到之处,一片片金黄的叶子便簌簌地掉落。现在只有野生李子树上还挂着果实,不过那果实十分酸涩,放入嘴中时会酸得让人不自觉地抿起嘴。与以往不同,这个呈现在格尔达眼前的广阔世界,看起来既荒凉又悲伤。

第四个故事

王子与公主

　　由于劳累过度，格尔达不得不再次停下脚步休息片刻。就在此时，一只乌鸦穿过秋风，来到了格尔达面前。乌鸦在格尔达身边停了好一会儿，摇头晃脑地看着格尔达，最后开口说：

　　"哑！哑！天气不错吧！"

　　乌鸦尽其所能地向格尔达亲切问好，因为它想要和少女亲近些。乌鸦问格尔达为什么独自一人行走在这广阔的世界中。

　　格尔达能理解乌鸦说的"独自"是什么意思——她一个人走了这么久，那份孤单的滋味她明白。因此，她将一切告诉了乌鸦，并问乌鸦有没有见过加伊。

　　乌鸦一脸深思，点了点头，然后这样回答道：

　　"我好像看到过……不，我确信我看到过！"

"什么！你真的看到过加伊？"格尔达发出一声惊叫，然后兴奋地吻向乌鸦。

"等一下！等一下！"乌鸦阻止了格尔达，"我是说我看到的人有可能是加伊。但他现在可能已经因为公主忘记你了。"

"你是说加伊和公主一起生活着？"格尔达赶忙问。

"是的，我接着跟你说。"乌鸦说，"不过用人类的语言说话真累。你要是会说乌鸦语该有多好！那样我说起来就轻松多了！"

"我没有学过乌鸦语。不过我奶奶知道，她经常说乌鸦语。早知道我也学了！"格尔达懊恼不已。

"没事儿！我尽力跟你说清楚。那个，虽然有可能说不清楚。"

之后，乌鸦说出了自己知道的一切……

我们的王国由一位非常聪明的公主治理。那位公主聪明得不得了，世界上所有的报纸、新闻她都读过。

公主坐在自己的王座上，发现并没有想象的那么开心。于是，她配着古老的乐曲唱起了歌："为什么我不可以结婚？"

公主自顾自地唱着，唱完后她有了决定：她要找一位在她说话时能机智回话的男子，一旦找到就马上结婚。公主叫来侍女们，说出了自己的想法。侍女们听完后开心地说道："天啊，这想法真是太好了！我们也是这样想的！"

"我说的每一句都是真的。我住在城堡的爱人全都告诉我了。"乌鸦强调道。

这里的"爱人"当然是指乌鸦。

很快,一份画有爱心图案并写着公主名字首字母的报纸出炉了。报纸上还写道,只要是长相帅气的男子,都可以进入城堡与公主聊天。公主希望找到一位能把城堡当成家,并且能言善道的丈夫。

"没错,这是真的。你相信我。这件事就跟我现在站在你面前一样,真的不能再真了。"乌鸦说道。

"年轻的男子们蜂拥而至。他们互相推挤,乱成一团。但是不论第一天还是第二天,都没有人能被公主选中。这些人无一例外都能言善辩,可当他们进入城堡,看到那些穿着银色制服的士兵以及穿着金色制服的侍从后,再走进灯光璀璨的房间里,勇气就全部飞走了,更别提站在公主面前说话了。看着坐在宝座上的公主,他们完全不知道该说些什么。一直到走出了门,他们才能重新找回语言能力。而公主想要的不是一进房间就跟吃了安眠药一样软弱无力的人。尽管失败者众多,但在城堡外,排队的人依旧数不胜数,一直排到了城门口,这是我亲眼看到的。"

乌鸦接着说道:

"所有人都饿着肚子,口干舌燥,但是他们在城堡里连一杯水都喝

不上。有些聪明的男子自带了面包和奶酪，不过他们不愿意与他人分享。"

"那加伊呢？嗯？加伊什么时候去的那里？排队的人里有加伊吗？"格尔达插嘴道。

"知道了！知道了！我就要说到了！第三天，一位没有骑马，也没有坐马车的少年勇敢地踏进了城堡。他就像你一样，有着明亮的双眼，一头柔软的长发，只不过他的衣服被磨得破破烂烂的。"

"对对，那一定就是加伊！"格尔达开心地拍着双手，"我终于找到他了。"

"那少年还背着一个小背包。"乌鸦补充道。

"不对，应该是雪橇。加伊消失的时候是在雪橇上的。"格尔达说道。

"可能是雪橇吧。"乌鸦犹疑不定地答道。

"我看不了那么仔细，不过据我爱人说，那个少年从城门经过，看到那些穿着银色军服的侍卫以及台阶上的侍从时，不仅毫不胆怯，反而向他们点头说道：'一天到晚站在台阶上该有多无聊啊，我要进去了！'房间里面烛光闪烁，十分亮堂，一些将军和大臣正手拿金盘，光着脚来回走动。这场景不管谁看到了都会觉得紧张！但是那个少年不会，即使是他的靴子发出嘎吱嘎吱的声音，他也毫不惊慌。"

"噢，这分明就是加伊！"格尔达肯定地答道，"加伊消失前就穿着新靴子！我在奶奶的房间都听得到他新靴子那嘎吱嘎吱的声音。"

"没错,说是那声音特别地吵。可那个孩子很勇敢,他面不改色地直直朝着纺车轮般巨大的王座走去,那里正坐着公主。走廊上,高级的侍女和侍从带着下人排成一排,越靠近门的人越显得傲慢。"

"真是讨厌!不过这样加伊还是赢得了公主的心?"格尔达说。

"要不是因为我是乌鸦,和公主订婚的就是我了。我听我爱人说,那个少年非常会能说会道,就像我能帅气地说一口乌鸦语一样。那少年不仅长得帅气,而且十分有朝气。据说他来城堡不是为了向公主求婚,而是为了一睹公主的风采。一番聊天之后,不仅少年对公主有了仰慕之情,公主也喜欢上了少年。"

"这样的话,我更确定那是加伊了。加伊他真的很聪明,还会心算,甚至连分数计算也不在话下!你能带我去城堡吗?"格尔达问乌鸦。

"这事说起来容易。" 乌鸦说道,"不过具体要怎么做,我要先问过我爱人,她也许能给我们提供帮助。在那之前,我必须得告诉你,像你这样的女孩子是不能进城堡的。"

"不,我能进去!加伊如果知道我在这里,一定会出来接我的。"格尔达坚信。

"那你先在栅栏那儿等着吧!"

乌鸦说完后晃了晃头,然后飞向远方。

直到天黑,乌鸦才回来。

"哑！哑！我的爱人向你问好。还有，这是面包，是我爱人从厨房里找出来的，那里什么都有。我跟我的爱人说是我肚子饿了！对了，你不能进城堡，因为你光着脚，穿着银色军服的侍卫和穿着金色制服的侍从是不会允许你进去的。不过别哭。我能让你偷偷进去。我爱人说城堡后门有一条通往公主寝室的狭窄楼梯，她还知道下人把寝室钥匙放在哪儿了。"

等到城堡内的亮光一一熄灭后，乌鸦便带着格尔达来到了半掩着的后门。

此时格尔达的心嗵嗵地跳着，心里满是怕被发现的恐惧和对与加伊见面的渴望！格尔达有种自己在做坏事的感觉，可是她顾不了那么多了，她满脑子都在想："一定要知道加伊是不是在那里！"格尔达想起了加伊明亮的双眼和柔软的头发，她坚信加伊就在那里，她还清楚地记得加伊坐在玫瑰藤蔓下露出微笑的模样。格尔达相信加伊看到自己一定会很开心。加伊如果知道自己为了找他走了这么远，知道他离开后家里人有多伤心难过，他一定会很自责的。所以即使害怕，格尔达也为即将看到加伊而开心。

不一会儿，格尔达和乌鸦便到达了楼梯处。在隔板上，一盏小灯正微微发着光。格尔达和乌鸦走上楼梯，抬眼便看到乌鸦的爱人站在房间中央，她边看格尔达边摇晃着头。格尔达按照奶奶教过的，单腿向后，膝盖稍微弯曲，向乌鸦的爱人行了礼。

"我未婚夫说你真的很有魅力。年轻的姑娘！你的故事真的很让我感动！拿着那盏灯，我带你过去。顺着这条路一直走，路上不会遇见任何人。"乌鸦的爱人说。

"快看楼梯后面！好像有谁跟过来了！"

格尔达赶紧说道。刚才她似乎看到影子似的东西咻地顺着墙过去了。定睛一看，原来是一匹匹鬃毛飘扬、有着瘦高双腿的骏马，在马上端坐着的除了一位位绅士和名媛，还有猎人们。

"别管那些，那只是幻影。"乌鸦的爱人解释道。

"贵族们的思想脱离了身体，出来打猎了。看到这些，更可以确定他们已经睡沉了，对我们来说这可是好事。对了，假如你成了贵族，可别忘了感谢我们啊！"乌鸦的爱人对格尔达说。

"现在不是说这些的时候！"乌鸦顶嘴道。

随后，他们进入了第一个房间。房间的墙壁上挂着一匹玫瑰色的锦缎，锦缎上满是精致的花纹。这时幻影再次划过，可因为速度太快，格尔达连马上的是绅士还是名媛都没看清。接下来越往后走房间越华丽，不论是谁看到这些房间都会大吃一惊。最后，他们终于到达了公主的寝室。寝室的天花板看起来就像是巨大的树冠，上面挂满了昂贵的琉璃树叶。房的中间放有两张床，床的造型就像是吊在粗大黄金柱

子上的百合。此时，公主正躺在其中一张白色的床上熟睡，而在另一张红色的床上躺着的，是一位少年！

格尔达走近红色的床，拨开床上的一片红叶，床上的人被晒黑的褐色脖颈露了出来，是加伊！格尔达一边大声呼唤着加伊的名字，一边将灯盏凑近少年的脸庞。在格尔达呼喊的同时，一道乘着马的幻影回到了房里。接着，少年从梦中惊醒，转头看向格尔达。这次格尔达看清了，眼前的人不是加伊。

这个人只是脖颈与加伊很像，即使他年轻而又帅气，可他不是加伊，不是自己的朋友加伊。公主坐在白色百合床上望着他们，问究竟发生了什么事。格尔达哭着将过去的事说了出来，以及乌鸦们是怎样帮助自己的。

"可怜的孩子！"听完格尔达的故事，公主和少年异口同声地说道。对于乌鸦的帮助行为，他们给予了赞扬。不过，虽然这次的事他们没有生气，可他们还是希望乌鸦们不要再做这样的事了。之后，公主和少年想要给乌鸦一些赏赐以奖励它们。

"你们想要自由吗？还是想一辈子活在这城堡之中，随便吃掉落在厨房地上的饭菜？"

公主刚问完，两只乌鸦就行着大礼表示，它们想要成为城堡里的乌鸦，因为这样它们就可以不用担心老了以后的事情了。

少年下了床,让格尔达在自己的床上好好睡一觉。格尔达握紧双手想:"这里的人们和小动物都是如此善良。"

格尔达顺利地进入了梦乡。各种各样的幻影又出现了,他们就像是神派来的天使,拉着加伊乘坐的雪橇,而加伊则朝格尔达点着头。这一切是那么美好,可等格尔达从睡梦中醒来,这一切就都消失了,和加伊相遇的场景仍是一场梦。

第二天,公主为格尔达穿上用绸缎织成的华贵礼服。希望她可以在城堡里生活,尽享荣华。可格尔达还是想去那广阔的世界寻找加伊,于是她请求公主和少年赐给她一架小马车和一匹马,还有一双靴子。

公主和少年同意了她的请求,还多送给了她一双毛皮套袖,并把格尔达打扮得十分美丽。随后,少年和公主乘坐着黄金马车来为格尔达送行,并为她祈祷,希望她可以一路好运。乌鸦也来为格尔达送行。

"再见!再见!"

公主和少年挥手跟格尔达道别,此情此景让格尔达湿了眼眶,连乌鸦也跟着哭了起来,因为再走一段路,乌鸦也要和格尔达说再见了。

终于到了告别的时候,格尔达和乌鸦都觉得很难过。乌鸦恋恋不舍地与她告了别,然后飞上高空,一直扑棱着黑色的翅膀,直到再也看不到那阳光般耀眼的马车。

第五个故事

强盗的女儿

马车驶过黑暗的树丛。树丛间,黄金马车就如火炬一样发出了耀眼的光芒,由于这光芒太过明亮,竟然引来了一群强盗的觊觎。

"是金子!金子!"

强盗们大喊着,像箭一般冲到了马车前,把马夫、侍童、护卫全都杀了个干净,然后把格尔达从马车上拉了下来。

"看这个孩子,胖乎乎的,又漂亮。"一个强盗老婆子叫道。

"看起来就像长了肉的羊崽子一样美味!该有多好吃啊!"

强盗老婆子一脸凶狠地抽出寒光闪闪的刀。

"啊!"

就在此时,强盗老婆子发出了一声悲鸣。原来是她背上的女儿咬住了她的耳朵。强盗老婆子的女儿看起来既粗野又凶狠。

"你这个臭丫头！"强盗老婆子大声地责备女儿。

"我想和她玩！"强盗的女儿说。

"我要她的毛皮套袖和美丽的裙子。还有，我要和她一起在我的床上睡觉。"

强盗的女儿一边说着，一边再次咬了下老婆子的耳朵，老婆子疼得噌地跳了起来。周围看热闹的强盗们忍不住哈哈大笑。

"看她和她女儿那样儿！"

强盗的女儿从老婆子的背上下来，上了马车。

"我要坐马车。"

强盗的女儿天生冒失且倔强，想到什么就做什么，她虽然比格尔达略矮，但是皮肤黝黑、力大无穷，她拉过格尔达说：

"只要我们相处愉快，就没有谁能杀你。你是个公主！对吧？"

"不是的。"

格尔达回答道，并细细地跟她讲了自己之前的遭遇，告诉她自己非常想去找加伊。

强盗的女儿认真地望着格尔达，点点头：

"以后你就跟我了，我不会让别人欺负你的，因为只有我能欺负你。"

强盗的女儿擦去格尔达的眼泪，双手随之放进了柔软温暖的毛皮

套袖里。

　　最终,马车停在了强盗们的城堡里。在城墙顶部到地面之间有一条长长的缝隙,乌鸦们通过这墙上的洞来来回回地飞着。院子里,一些个头很大的狗正蹦跶着,它们的个头大到把人抓来一口吃掉都没有问题。不过它们只是四处溜达,并不叫唤。

　　格尔达一进入城堡的大厅,就看到石头地板上的篝火在熊熊燃烧,房间内到处是烟灰,呛人的烟灰一直飘向屋顶。一个巨大的锅里正咕咚咕咚地煮着汤,旁边还烤着一些用铁钎串着的兔子。

　　"你今晚就在这里和我,还有我可爱的动物们一起睡觉吧。"强盗的女儿说。

　　她带格尔达吃了一些东西后,带她走向一个角落。那个角落铺满了厚厚的稻草屑和毯子,而在头顶的木椽上,停留着数百只鸽子,这些鸽子看起来都昏昏欲睡。

　　"它们都是我的。"

　　强盗的女儿一把抓住离得最近的鸽子的腿,不停地晃动直到它来回拍动翅膀。

　　"亲亲它!"强盗的女儿把那只鸽子举到了格尔达的脸边。

　　"这些都是山鸽子,"她指指墙上那个被打通,现在用木条拦着的洞。

"如果不把它们关在这儿,它们马上就会飞走的。对了,这是我心爱的'布'。"

强盗的女儿拉过旁边一只戴着亮闪闪铜项链的驯鹿,搂住了它头上的角。

"它也得好好看着,不然非得逃走不可。"

强盗的女儿抽出了放在墙缝隙里的刀,吓唬了下驯鹿。可怜的驯鹿害怕地用蹄子蹭了蹭地。可强盗的女儿毫不理睬,咯咯地笑得很开心,还边笑边拉着格尔达往床边走去。

"你睡觉的时候也把刀放在身边吗?"格尔达不安地看着刀。

"我一直是带着刀睡觉的,谁也不知道等下会发生什么,不是吗?亲爱的,再跟我说说你刚才说的加伊和你看到的广阔世界吧。"

于是,格尔达再次从头说起,一直说到鸽子们都睡着了,强盗的女儿打起响亮的呼噜,只见她一手抱着格尔达的脖子,一手攥着刀,睡得很沉。然而,格尔达却怎么都睡不着,她不知道自己之后的命运会是什么,是死还是活。而在不远处,强盗们围坐在篝火旁,又是唱歌,又是喝酒,强盗老婆子则在一旁翻着跟斗。眼前的景象让这个小女孩害怕极了。

就在这时,山鸽子说话了。

"咕咕!咕咕!我们看到加伊了。大白鸡拉着加伊的雪橇,少年

坐在冰雪女王的雪橇上。他们从我们搭窝的树林上方飞过去了。飞过去时冰雪女王还向我们的孩子吐了一口冷气,孩子们全被冻死了,现在就剩下我们两个了。咕咕,咕咕……"

"冰雪女王去了哪里?你是不是知道些什么?"格尔达赶紧问道。

"他们也许去了拉普兰德。那里一年四季都被冰雪覆盖!你去问问被拴在那里的驯鹿。"

话音刚落,驯鹿便说道:

"没错。那儿到处是冰雪,是一片获得上天恩赐的土地!我可以在那一望无际的闪亮平原中尽情地奔跑跳跃。冰雪女王夏天的时候会在那里。不过,女王的城堡是在北极附近的一个叫斯匹次卑尔根的岛上!"

"啊,加伊,可怜的加伊。"格尔达深深地叹了口气。

"给我安静地躺着。"被吵醒的强盗女儿不高兴地吼道。

第二天一大早,格尔达将山鸽昨晚告诉自己的事全部告诉了强盗的女儿。听罢,强盗女儿陷入了沉思,过了一会儿,她说:

"没事的!别担心!"

强盗的女儿问驯鹿:"你知道拉普兰德在哪里吗?"

"我比谁都要清楚!"驯鹿眼睛一亮,"我就在那里长大,在那片雪地里玩耍过。"

强盗的女儿沉默了一下，对格尔达说：

"听好了，白天男人们都会出去，只有我妈妈留在这里。看到放在那里的大酒瓶了吗？早上她会喝点儿酒，然后上楼去睡一会儿懒觉。等她睡着后我会帮你逃走。"

接着，强盗的女儿跳下床，跑到强盗老婆子身边，双手围住她的脖子，抓住她的头发又是拉又是拽。

"我睡得可好了，我亲爱的可爱母山羊！"

老婆子拧拧女儿的小鼻子，拧得鼻子都有些发红。尽管下手有些重，但这是她疼爱女儿的表现。

喝了点儿放在瓶子里的酒，老婆子就去睡觉了。强盗的女儿走近驯鹿说道：

"我不太想放你走，因为看你害怕的样子真的很有意思。不过现在我会解开你的绳子，让你出去，让你回到拉普兰德。但是，你必须要用尽全力把格尔达带到冰雪女王住着的城堡，她最亲近的朋友就在那里。哦，对了，你已经知道了，格尔达说得那么大声，而且你也喜欢偷听。"

驯鹿开心得连蹦带跳起来。强盗的女儿帮助格尔达坐上了驯鹿的背。为了不让格尔达摔下来，她还用绳子将格尔达绑在驯鹿背上，并

给了她一个小坐垫。

"到时会很冷,所以我把靴子还给你。但是毛皮套袖太好看了,我不能还给你。别担心手冷,我给你我妈妈的大棉手套戴,这棉手套一直可以套到胳膊肘呢!来,快点戴上看看!现在你的手就像我妈妈的一样大了!"

格尔达开心得落下了眼泪。

"别哭了,"强盗的女儿安慰格尔达,"你应该高兴才是!这里有两块面包和火腿。只要有这些,你就不会饿了。"

强盗的女儿把两捆食物绑在了驯鹿的背上,然后打开了门,把大狗们叫进来。接着,她对着驯鹿喊:

"就是现在,快跑!好好照顾格尔达!"

格尔达将手伸出大棉手套,挥挥手向强盗女儿告了别。一路上,驯鹿全力奔跑,载着格尔达跑过草丛和荆棘丛,穿过森林,跨越平原与沼泽。而伴随他们前进的,是群狼的怒吼和乌鸦的啼叫。

倏忽间,一道耀眼的红光高挂上空,并发出"滋滋"的声音。

"那就是极光。我以前经常看,你看它有多闪亮。"

说完,驯鹿再次加快了速度,不分昼夜地奔跑。就在格尔达吃完了带的面包和火腿后不久,他们终于到达了拉普兰德。

第六个故事

拉普兰德老妇人与挪威芬马克女人

　　格尔达与驯鹿停在了一座小房子前。这是座快要倒塌的房子,房顶几乎塌到了地面,门非常低,低到进出房子时手和膝盖都必须贴着地面。小房子里只有一位上了年纪的拉普兰德老妇人,此时她正在鲸鱼油灯上煎鱼。驯鹿向老妇人说了格尔达的事,只不过在说格尔达的事之前,它先说了自己的事,因为驯鹿觉得它的事更重要些。在驯鹿讲故事的时候,格尔达就待在一旁。她感到全身冰凉,冷到无法开口说话。

　　"唉,可怜的小家伙们。"老妇人说。

　　"不过,你们还要走很长一段路,至少要再走一百多英里才能到达冰雪女王别院所在的芬马克。女王每晚都会在那里燃放蓝色的焰火。我这里没有纸,所以我会在晒干的鳕鱼上写几句话,你们把它带着,送给住在芬马克的女人,她会告诉你们更多的信息。"

在格尔达暖完身子,吃完饭的这段时间,拉普兰德老奶奶已经在干燥的鳕鱼上写好了信,她将信交给了格尔达,嘱咐她要好好保管。随后,老妇人扶着格尔达上了驯鹿背,并将她绑得结结实实,防止她在路上被摔下来。驯鹿又开始了疾驰,在他们赶路的晚上,天边的极光始终闪烁着光芒,美丽极了。终于,他们到了芬马克。格尔达敲了敲芬马克女人房子的烟囱……她只能敲烟囱,因为她围着房子转了一圈,竟然没有找到房门。

芬马克女人很矮小,身上脏兮兮的,但是她的家里却非常温暖,暖和得有点像夏天。芬马克女人帮助格尔达脱掉外套和棉手套,并将几块冰块放到了驯鹿的头上,然后读起了写在干鳕鱼上的信。芬马克女人读了有三次之多,然后她把干鳕鱼扔进了锅里,准备煮着晚上吃。对芬马克女人来说,勤俭是本能,能吃的东西是绝对不会扔的。

驯鹿又抢先说了自己的事,然后才告诉芬马克女人她们的来意,可芬马克女人从头到尾都没有说一句话,只是眨着她那充满智慧的双眼,安静地望着驯鹿和格尔达。

"您非常睿智。"驯鹿说。

"我知道您可以用一根绳子将世间所有的风都绑起来。解开第一个结就会有一阵微风,解开第二个结就会有强风,而当您解开第三个、

第四个结的时候,周围就会刮起狂风,那风猛烈到能将树木吹断。所以,您能给这姑娘一些魔法,让她战胜冰雪女王吗?"

"战胜冰雪女王?如果能做到那真的是太好了。"

芬马克女人说完后,走向放东西的隔板,取出放在其中的巨大皮革卷筒纸,卷纸上写满了奇异的文字。她努力阅读着那些文字,一滴滴汗顺着她的眉毛落下。

驯鹿不停地请求女人帮助格尔达,格尔达也在一旁眼含泪水地哀求着。芬马克女人默默地将驯鹿带到角落,往它的头上放了些新的冰块,悄声说道:

"加伊与冰雪女王在一起,他很满意那个地方,可能他觉得那里是世界上最好的地方。不过这全都是因为魔镜碎片扎进了他的心脏和眼睛里,才让他有了这样的想法。除非取出那些碎片,否则加伊不可能回到人类的世界,因为冰雪女王会借着魔镜的力量禁锢他,不让他离开。"

"不能把格尔达变得比冰雪女王更强吗?"

"我给不了她更大的力量,你不知道格尔达本身已经具有了很大的力量吗?你看不到不管是人类还是动物,大家都想帮助格尔达吗?她又是如何光脚走遍这个广阔的世界的?不过这些绝对不能跟格尔达说。格尔达拥有的力量来自她的内心深处,源于其善良单纯的心灵。

如果格尔达不能靠自己的力量找到冰雪女王，取出扎在加伊身上的魔镜碎片，那我们也无能为力。从这里再走2英里，就到冰雪女王的庭院了。你把格尔达带到那里，把她放在挂满红色果实、被雪覆盖了的巨大树丛旁，然后你要赶紧回来，记住，把她送到后马上回来！"

芬马克女人扶着格尔达坐上驯鹿的背，驯鹿就如箭一般飞奔了出去。

"啊，我忘了靴子！手套也忘了！"格尔达恍然想起。

因为刺骨的寒风，格尔达迫切地需要手套和靴子。可是，驯鹿并没有停下来，它不停地奔跑，最后在挂满红色果实、被雪覆盖的巨大树丛旁放下了格尔达。将格尔达放下后，它忍不住难过起来，因为它不知道格尔达能不能活着战胜冰雪女王，但它没有停留，在亲了亲格尔达后就转身离开了。格尔达再次孤零零一个人，站在寒冷又荒凉的芬马克。

格尔达抗住寒冷，使尽全力一步步往前走去。突然，一阵大雪朝格尔达刮来。明明是非常晴朗的天气，为什么会有这么大的雪？原来那雪并非从天而降，而是从地上席卷而来的。当格尔达越走越近，雪就越来越大。格尔达没有忘记放大镜下雪的模样，它是那么大，那么奇妙。可是这次的雪比那次要更大，更恐怖。因为这些雪是有生命的，它们都是保护冰雪女王的军人。这些军人奇形怪状，有的像难看的大

刺猬；也有的像一堆盘起身子、头抬向各个方向的蛇，还有的像毛竖起来的胖胖熊崽子。它们个个白得耀眼，充满生命力。

这时，格尔达背起了祈祷文。酷寒的气候下，她每吐出一口气，那口气就迅速冻结，变得如同云团一样。云团不停地往下压，变成了一个个小天使的模样。之后云团渐渐变大，最后大到快要贴上地面。每一个天使的头上都戴着钢盔，手中拿着长矛与盾牌。天使一个接一个地出现，等格尔达结束祈祷时，它们已经组成了一支军队，将她层层护在了中间。天使们步步向前，同时朝可怕的雪军刺出长矛，瞬间将它们刺成了数百个碎块。这一幕让格尔达忘记了恐惧。她打起精神，继续勇敢地往前走。

由于天使们护着她的手和脚，所以格尔达几乎感觉不到一丝寒冷。在天使们的护送下，格尔达朝着冰雪女王所在的城堡快步走去。

而我们故事的主人公之一，加伊，在这段日子里，一点儿也没想起格尔达。

第七个故事

在冰雪女王城堡的经历以及那之后的故事

　　冰雪女王的城堡墙壁由积雪所筑，刺骨的寒风装点着城堡的门与窗。城堡里有一百多个房间，都由暴风雪建造而成。在极光的照耀下，所有房间都闪闪发亮。除此之外，这里的每一间房都非常大，其中最大的一间有几十英里长，可房间内却空无一物。在这里生活没有任何乐趣可言。通常情况下，当风奏响乐曲时，北极熊会抬起前腿，用后腿走路，以显示自己的本领。可是，这里的北极熊甚至连打手心这样的小游戏都不会玩。这里也听不到白色雌狐们喝咖啡时窃窃私语的声音。这座城堡不仅大到不可思议，而且还十分寒冷，到处都是空荡荡的。在城堡里只能通过极光来判断时间，因为极光有着精确的运动周期，所以如果能分辨出其最亮和最暗的时候，那么便可以知道现在是什么时间。在一间看不到尽头，由寒冰建成的空荡房间里，有一个被冰冻住的湖，湖面上的冰已经裂成了数千个碎片。这些碎片都非常相似，看上去就像是一幅艺术作品。每当冰雪女王停留在城堡时，她都会坐在这个湖的正中间。这湖被称为"理性的镜子"，是世界上最好且独一无二的"镜子"。

因刺骨的寒冷，加伊的全身被冻到发青甚至发黑，可他本人对这一切却毫无察觉。冰雪女王之前给加伊的亲吻不仅让他感受不到寒冷，还让他的心变成了冰块。加伊在湖周围跑来跑去，将那些既锋利又扁平的冰块捡了起来，然后按照在家玩过的七巧板的玩法，将冰块拼成了各种造型。

因为是"理性的冰块拼图"，所以加伊用冰块拼出的造型都很新颖、复杂。同时，由于加伊的眼睛里有魔镜碎片，这些冰块的造型在他的眼中就显得很了不起、非常重要。加伊用冰块拼出了很多单词。可是不管他怎么拼，总有一个单词是他拼不出来的，那就是"永远"一词。冰雪女王曾对加伊说过，如果他能拼出这个单词，那么他就能成为自己的主人，她会给他全世界以及一双新的滑冰鞋。但是加伊怎么都拼不出来。

"现在我该去气候温暖的国家了，"冰雪女王说道，"去瞧一瞧黑色的大锅……"

"黑色的大锅"指的是像埃特纳和维苏威这样的火山。

"……再给那里刷上一层白色的漆。柠檬树与葡萄树上也可以刷一刷。"

之后女王便飞走了,留下加伊独自一人待在看不到尽头的空空荡荡的冰房间里。加伊呆望着冰块,脑子里一直在思考,可是想了半天,却什么也没有想起来。因为加伊太过安静,姿势又僵硬,看上去就像是被冻死了一样。

在加伊思考的时候,格尔达正迎着风,穿过巨大的正门,进到了城堡里。在格尔达的祈祷下,城堡里的风就像沉睡了般停了下来。接着,格尔达走进了一间极宽敞且被冻结的空房间。在那里,她发现了加伊。格尔达一眼便认出了加伊,她紧紧抱住加伊的脖子,痛哭了起来。

"加伊!我的朋友加伊!我终于找到你了!"

可是加伊却没有一点反应,他安静地坐着,身体僵直。格尔达不停地哭着,她滚烫的泪水落到加伊的胸口,慢慢渗进了他的心脏。泪水不仅融化了冰块,也消除了加伊心里的那块魔镜碎片。格尔达不知道如何唤醒加伊,只得慢慢地哼起了圣歌:

"山谷里玫瑰花开得丰茂,

在那儿我们遇见了圣婴耶稣!

……"

加伊慢慢转头看向格尔达,突然哇地一声哭了起来。

因为哭得太厉害，扎进他眼里的魔镜碎片也随着眼泪落下。在魔镜碎片落下的那一刻，加伊马上就认出了格尔达。

"格尔达！我的朋友格尔达！这段时间你都在哪里？我现在在哪里？"

加伊环顾了下四周，接着说道：

"这里好冷！又这么大，什么都没有！"

加伊紧紧地抱住格尔达，格尔达面带微笑，喜极而泣。房间里的冰块也为两个孩子感到开心，兴奋地跳起了舞蹈。没过多久，冰块们跳累了，它们融化在地上，拼成了一个单词，那正是能让加伊成为冰雪女王的主人，获得全世界和一双新滑冰鞋的单词——永远。

格尔达倾身亲了加伊的脸颊，加伊的脸一下子就有了气色；当她吻过加伊的眼睛，加伊的眼睛立刻变得像她一样明亮；最后，格尔达亲吻了加伊的手和脚，加伊很快就找回了力气。现在即使冰雪女王回来也没有关系了。因为她曾经说过，只要加伊拼出"永远"这个词，就让加伊成为自己的主人，现在这个单词正在地板上闪闪发光。

加伊和格尔达手牵手走出了冰雪女王那宏伟的城堡。他们一起走过的每个地方都变得温暖。他们开心地说起奶奶和那些盛开的玫瑰花……

当他们到达挂满红色果实的树下时，发现驯鹿早已等候在那儿了，

它的肚子下放满了牛奶。孩子们喝完暖暖的牛奶后,给了年轻的驯鹿一个甜甜的吻。驯鹿载着加伊和格尔达回到了芬马克女人的家。芬马克女人为她们指明了回家的路,两人在回家途中还顺便去了趟拉普兰德老妇人的家,老妇人不仅为他们做了新衣裳,还给了他们一架雪橇。

驯鹿一直陪着加伊和格尔达走到了边境,那里的树叶已渐渐变成了草绿色。两个孩子依依不舍地向驯鹿告了别。

"你们要平平安安的。"

春天马上就要来了,小鸟们叽叽喳喳地叫着,各处的新芽也都破土而出,一片葱绿。这时,一位戴着红色帽子、佩戴手枪的年轻姑娘骑着高大的骏马从树林中跑了出来。格尔达马上就认出了那匹马——那就是公主送给她马车上的马。而那个年轻姑娘正是强盗的女儿,她因在家中待得烦闷,打算骑着马四处游历。强盗的女儿也很快就认出了格尔达,两个人对于能再次重逢都觉得非常开心。

强盗的女儿看了看加伊。

"原来那个让格尔达一走了之的朋友就是你啊!我很怀疑你是否值得拥有这样一位,愿意找你找到天涯海角的朋友。"

格尔达摸摸强盗女儿的脸,问起公主与那个年轻人的近况。

"他们现在正在外国旅行。"强盗的女儿答道。

"那乌鸦呢?"

"啊,那只乌鸦死了。乌鸦夫人成了寡妇,它在腿上绑了黑布,一天到晚地发牢骚,不过都是些胡言乱语。好了,现在该说说你们这段时间的情况了,你在哪里找到加伊的?"

格尔达和加伊将发生的一切告诉了强盗的女儿。

"哇,那真是太好了!"

强盗的女儿牵起两人的手,并和他们约定,如果有一天经过他们住的地方,她一定会去看他们,然后就骑着马奔向了那广阔的世界。

加伊和格尔达手牵着手朝家的方向走去。路上,他们迎来了美好的春天;百花盛开,周围一片郁郁葱葱。钟声传来,加伊和格尔达立刻听出那钟声是来自家旁边那高高的教会钟塔,终于到家啦!两个人兴奋地跳上台阶,径直跑进了奶奶的房间。房间里,那个用了很久的挂钟,依旧在角落里滴答滴答地响着,挂钟仍准确地向人们报着时,一切都没有变。可从孩子们踏进家门的那一刻开始,他们意识到自己已经长大成人了。望向打开的窗户,他们看到了盛开的玫瑰,也看到了还放在原地那曾经坐过的小椅子。加伊和格尔达手牵手坐在了椅子上。此时的他们已经忘记了一切关于冰雪女王的事。对格尔达和加伊来说,那只不过是一场噩梦而已。听,奶奶正坐在明媚阳光下大声地念着圣经:

"如果你们不能像孩子一样纯真,那你们终将无法进入天堂。"

加伊和格尔达望着对方的眼睛,一下子明白了古老圣歌中所唱的意思。

"山谷里玫瑰花开得丰茂,

在那儿我们遇见了圣婴耶稣!"

坐在椅子上的已然是两个大人了,可他们的内心仍保有着那份属于孩子的纯真。没过多久,夏天就来了。而那年的夏天,满是灿烂和温煦。